# L'Empailleur
# de la rue Dieu

Du même auteur

Aux Éditions EX ÆQUO

La Confrérie de l'échelle (2021)
L' Écu à la mèche longue (2022)

Eric LAMBERT

# L'Empailleur de la rue Dieu

Nouvelle policière

© 2023 Eric LAMBERT
Édition : BoD – Books on Demand, info@bod.fr
Impression : BoD – Books on Demand,
In de Tarpen 42, Norderstedt (Allemagne)
Impression à la demande

Illustration : L'atelier d'un taxidermiste - J. Convey
(image : Chastelain & Butes)
Photographie de l'auteur : Beñat Picabea

ISBN : 978-2-3224-3231-8
Dépôt légal : Février 2023

Pour Isabelle,
mon Petit Amour
lectrice assidue et
relectrice attentive
des fruits de mon imagination


À Clément, Élodie, Loïc,
mes inconditionnels

*Si les femmes que j'ai connues ont quelque chose à me reprocher, elles n'ont qu'à déposer plainte !*

Henri Désiré Landru

# Prologue

22 mai 1981

L'accueil que fit Christian Bonnet au nouveau ministre de l'Intérieur, Gaston Defferre, fut des plus protocolaires. L'accent méridional du futur locataire de cet immeuble de la place Beauvau n'avait pas réussi à dérider l'ancien ministre de Valéry Giscard d'Estaing qui ne digérait toujours pas l'arrivée des socialistes, et surtout des communistes, au pouvoir.

— Entrons, voulez-vous ? J'ai un dernier dossier à vous transmettre en main propre, et surtout en toute discrétion. Mais pour cela, il nous faut descendre dans une des caves.

Christian Bonnet précéda son successeur dans les escaliers exigus qui menaient au sous-sol. Ils n'étaient que tous les deux. Arrivés devant ce qui ressemblait à la porte d'une cellule, il introduisit une grosse clé et ouvrit. Gaston Defferre entra et s'écria.

— Mais qu'est-ce que c'est que cette … chose ?

# 1

14 avril 1919

Enfin ! Une dernière petite couture pour achever mon œuvre, un point final au labeur de toute une existence.

L'homme se recula pour admirer sa création tout en se parlant. Il était pratiquement son seul confident.

Quand je pense qu'ils m'appellent l'empailleur ! Ces imbéciles ne comprennent pas, ne veulent pas croire que la taxidermie est un art, l'unique science qui promet la vie éternelle. Combien de trophées de chasse ont ainsi fini cloués aux murs, à décorer les salons ! Combien de compagnons à poils et à plumes ont continué à accompagner leur maitre, bien après leur mort ! Bien faits et régulièrement entretenus, ils peuvent perdurer des centaines d'années.

Que connaissent-ils du décollage de la peau, de son nettoyage puis son tannage, de la reconstruction du squelette, de l'application de la paille, de l'enfilage de la peau, de l'agencement des détails ? Savent-ils la méticulosité extrême que toutes ces opérations nécessitent ?

Il s'assit enfin dans le vieux fauteuil qui l'accompagnait depuis tant d'années et prit le Petit Journal du matin dans les mains. Il lut la une en détail, plusieurs fois.

UN NOUVEAU BARBE BLEUE
LE MYSTÈRE DE LA VILLA DE GAMBAIS

L'ingénieur Laudru[1], l'homme aux cent noms, soupçonné d'avoir assassiné plusieurs femmes.

---

[1] Le Petit Journal avait d'abord nommé l'assassin Nandru, puis Laudru avant de rectifier les jours suivants.

## 2

20 avril 1919

Théodore Méry, inspecteur à la préfecture de police, commença sa journée comme toutes les journées depuis son retour du front en 1917. Il soupira devant le tas de dossiers qu'il aurait encore à classer, tel Sisyphe condamné à pousser sa pierre éternellement. La sale guerre lui avait arraché un bras. Brillant inspecteur avant le conflit, il avait été affecté aux archives dès sa sortie de l'hôpital militaire, eu égard à ses états de service. L'action de terrain lui manquait et il supportait de moins en moins ces tâches répétitives et sans intérêt, l'absence de fenêtre au sous-sol de la préfecture, jusqu'à l'odeur du papier.

— Méry !

Un jeune aspirant venait de faire irruption dans la caverne.

— Méry, le commissaire Vandamme souhaite vous voir, immédiatement.

Théodore n'avait croisé le commissaire qu'une fois. Que pouvait-il bien lui vouloir ?

— Allez, Méry, dépêchez-vous !

Bien sûr ! Quand un commissaire donnait un ordre, il fallait obéir vite, toutes affaires cessantes.

— Je vous suis.

Le commissaire n'était pas seul, un petit homme chétif se tenait à ses côtés.

— Bonjour Méry, j'irais droit au but. J'imagine que les missions qui vous sont affectées vous passionnent peu. Vous avez de la chance, un de vos anciens collègues vous a pistonné hier.

Ancien collègue ? Il n'en avait revu aucun depuis sa réintégration à la préfecture. Qui pouvait encore avoir une pensée pour un demi-manchot coincé, presque emprisonné, dans ces oubliettes ? J'ai bien peur que la chance dont il parle ne soit qu'une déveine de plus.

Théodore ne montra pas son sentiment.

— Bonjour commissaire, bonjour monsieur.

— Je vous présente le juge Bonin, en charge de l'enquête sur Landru, le Barbe Bleue de Gambais comme l'a surnommé le Petit Journal. J'imagine que vous êtes au courant.

— J'ai appris son arrestation dans la presse, comme tout le monde.

— Eh bien, parlons-en ! Depuis que les gazettes l'ont mis à la une, nous recevons des dizaines de signalements de disparitions. J'ai bien peur que nos effectifs soient par trop limités pour mener toutes ces enquêtes.

L'archiviste sentit des frissons lui chatouiller le bas des reins. Se pouvait-il que … ? Le commissaire reprit.

— J'ai ici votre dossier. Vous ne m'avez jamais dit que vous étiez un de nos meilleurs limiers avant-guerre.

Théodore décida de ne pas feinter, après tout, que risquait-il ? Il était pratiquement sûr que le commissaire avait besoin de lui, il devait se montrer vif.

— Je n'ai jamais eu l'occasion de le faire. Quand je suis revenu mutilé du Chemin des Dames, je n'ai eu d'autre choix que d'accepter le poste que j'occupe actuellement. Aucun de mes anciens supérieurs ne s'est manifesté pour me reprendre dans son équipe, à croire que l'intelligence d'un être est dans ses bras.

— Évitez les sarcasmes ! Vous avez sans doute compris que, nécessité faisant loi, la police de la république requiert vos compétences. N'en profitez pas.

C'est le moment que choisit le juge Bonin pour intervenir d'une voix autoritaire qui contrastait avec sa frêle constitution.

— Entrons dans le vif du sujet, s'il vous plait ! Vous règlerez vos différends plus tard.

— Bien, répondit le commissaire. Vous avez raison, le temps nous est compté. La populace réclame justice, satisfaisons à son attente au risque de la voir une fois de plus nous vilipender, bien encouragée en cela par la presse. Le juge Bonin m'a amené un classeur contenant toutes les disparitions signalées cette semaine. Étudiez-les et choisissez-en trois. Vous avez jusqu'à la fin de la matinée. D'ici là, je vous trouverai un adjoint.

— Je ne vous ai pourtant pas encore répondu, dit Théodore. Il va de soi que j'accepte, mais vous devrez pour cela ajuster mon traitement au niveau des autres inspecteurs, les archives de notre belle maison ne sont pas si généreuses.

— Quel toupet ! Pensez-vous que vous avez le choix ?

Le juge qui avait apprécié la répartie de Méry, intervint de nouveau, de peur de se passer de l'excellent détective qu'il pressentait au fond de cet homme blessé.

— Voyons commissaire, tout travail ne mérite-t-il pas salaire ? L'affaire Landru est hors norme, ne privez pas la justice d'un enquêteur qui fera ce qu'il faut pour lui montrer qu'il n'a rien perdu de sa sagacité.

— Bon, je veux bien prendre en considération votre demande quand vous m'aurez prouvé que vous avez conservé votre qualité de chasseur. Si c'est le cas, je vous sortirai définitivement de votre cave. Cela vous convient-il, monsieur l'impudent ? C'est bien parce que je n'ai pas le choix !

Théodore jubila et décida de désarmer.

— Je ne désirais en aucune manière vous offenser. C'est que j'ai l'impression que trois citations au champ d'honneur et une croix de guerre ne pèsent plus lourd en temps de paix. Je me fais évidemment une joie de réintégrer le service actif de la préfecture de police.

— Prenez ce dossier, je vous attends à midi.

## 3

Pour une fois, Théodore Méry ne détesta pas la senteur du papier, bien au contraire. Il lui sembla que ce dossier avait la fragrance des meilleurs parfums. Il commença par reprendre les éléments de l'affaire Landru, en particulier le profil des victimes supposées. Tout de même, quel personnage ce Désiré Landru, capable de rentrer dans la peau de tant d'individus, si doué pour l'entourloupe. Que ne s'est-il pas mis au service de causes justes ? Au lieu de cela, il a profité de la guerre et de la détresse des dames seules, veuves parfois, pour accaparer le peu de biens qu'elles avaient.

La plupart des femmes dont la disparition lui était attribuée avaient la quarantaine ou la cinquantaine. Le juge n'avait aucune preuve formelle et Landru lui-même réfutait les accusations. Comme l'avait relaté Le Petit Journal, il répondait « Cherchez, je n'en sais rien » à chaque question.

Théodore lut et relut ensuite un par un les signalements fournis par le commissaire. Il en identifia rapidement trois qui ne collaient pas avec le profil des victimes du criminel. Trois jeunes filles de dix-huit ans, rousses. Leur nom n'était en tout cas pas noté dans le carnet retrouvé à son domicile.

La première, Madeleine, avait disparu aux environs du 12 février 1919. Prostituée, c'est une de ses amies, tapineuse elle aussi, qui avait averti la police après avoir entendu parler de l'affaire par un de ses habitués. La seconde,

Yvonne Perche, coiffeuse chez Monsieur Antoine[1], n'était plus réapparue depuis le 19 février. C'est sa sœur, avec qui elle partageait un petit appartement, qui avait donné une première fois l'alerte bien avant que Landru ne soit interpellé. La troisième, Colette Degoupil, bien qu'elle eut des caractéristiques semblables aux deux précédentes, n'était pas issue du même monde. Jeune fille de bonne famille, ses parents pensaient à une fugue à l'inverse de son meilleur ami qui appréhendait le pire. Sa disparition datait du 5 avril.

Bien, se dit-il, j'ai mes trois dossiers. Allons voir le commissaire.

— Entrez !

Le commissaire avait presque hurlé quand Théodore avait toqué.

— Ah ! Vous voilà ! Avez-vous trouvé votre bonheur ?

— Oui, commissaire. J'ai là le cas de trois jeunes personnes signalées dont le profil ne correspond pas à celui des victimes supposées de Landru.

— Et qu'est-ce que vous voulez que ça me foute ?

Théodore fut consterné par la réaction de son supérieur.

— J'avais compris que …

— Mais bon sang, nous cherchons des éléments pour l'envoyer à la raccourcisseuse[2], pas à l'innocenter.

Méry ne se laissa pas démonter, il répondit en haussant le ton.

---

[1] Coiffeur et homme d'affaires polonais surnommé « l'empereur des coiffeurs » pour avoir révolutionné au début du XXe siècle l'image de la femme avec la coupe à la garçonne.
[2] Un des surnoms de la guillotine.

— Il me semble que vous avez déjà suffisamment de noms sur son petit carnet pour le condamner, même si les preuves ou les aveux manquent. Vous m'avez demandé de vous aider à traiter les signalements qui sont arrivés depuis que l'affaire est dans la presse. Parmi ceux-ci, il y en a certainement qui pourront lui être attribués, mais il importe également d'éliminer ceux pour lesquels il n'a rien à voir.

— Vous avez raison, pardonnez-moi. Je viens de me faire remonter les bretelles par notre préfet, Fernand Raux. Il me reproche de lambiner et craint que la presse ne s'empare de cette affaire pour, une fois de plus, moquer notre incompétence. Dites m'en plus.

— J'ai ici les dossiers de trois jeunes filles de dix-huit ans, disparues depuis février. Il y a un autre point commun : leurs cheveux. Elles sont toutes les trois rousses avec une longue crinière bouclée.

— Êtes-vous en train de me suggérer qu'un nouveau Landru traine dans les rues ?

— Ça se pourrait en effet, bien que je n'aie aucun élément pour accréditer cette thèse.

— Mon Dieu, le monde est fou. D'abord cette guerre effroyable et maintenant des détraqués qui envahissent notre ville.

— L'un est peut-être la conséquence de l'autre, ou inversement.

— Savez-vous que je commence à vous apprécier ? Je …

On frappa à la porte, ce qui interrompit ce début de cordialité.

— Ah ! Sans doute votre adjoint. Avant de le faire entrer, il faut que je vous prévienne que j'ai dû racler les fonds de tiroirs pour le trouver. Il sort juste de l'école de police et, comment vous dire, vous ressemble un peu. Ne soyez pas surpris.

— Entrez.

Cette fois-ci, le commissaire avait à peine haussé le ton. Le jeune homme qui pénétra devait avoir tout juste vingt ans et il avait effectivement un point commun avec Théodore, une des manches de son veston était vide. Méry n'hésita pas, il se leva pour lui serrer la main. Ils n'eurent pas le choix entre la droite ou la gauche.

## 4

À peine sortis du bureau du commissaire, Théodore proposa à son adjoint de boire un verre au bistrot du coin. Ce lieu était le repère de tout le personnel de la préfecture de police. Il y avait peu ses habitudes, mais avait ressenti le besoin de baptiser cette association si déroutante. En attendant le ballon de vin qu'ils avaient commandé, il entama la conversation.

— On se tutoie. Je n'ai pas retenu ton nom.
— Je m'appelle Pierre Rambourd.
— Alors, amputé toi aussi ?
— On ne peut rien te cacher ! C'est à cause de la Grosse Bertha[1]. En mars 18, j'étais pour le Vendredi Saint à l'église Saint-Gervais-Saint-Protais qui a été touchée par un de ses suppositoires géants. Près de cent personnes ont perdu la vie. Je fais partie de ceux qui ont eu la chance de survivre.
— Je vois que tu le prends avec philosophie.
— Comment veux-tu que je le prenne ? Et toi ?
— Bah, le Chemin de Dames en 17. Alors comme ça, tu sors de l'école ?
— Dixième de ma promotion, il y a deux semaines.
— Bravo, bienvenue ! Je pressens qu'on va faire une équipe très spéciale à nous deux. Santé !

---

[1] Les *Pariser Kanonen* (surnommés Grosses Bertha par les Parisiens) sont des pièces d'artillerie à très longue portée utilisées en 1918 par l'armée allemande pour bombarder Paris.

Les verres s'entrechoquèrent et un silence s'installa jusqu'à ce que Pierre demande.
— C'est quoi l'enquête ? Personne ne m'en a parlé.
— Retournons au bureau, veux-tu ? Nous y serons plus à l'aise.

Finalement, le bureau qu'évoquait Théodore se résumait à une table et deux chaises … aux archives.
— C'est mon domaine ici, dit Méry. Tant que j'y classais du papier, il me débectait, mais maintenant que nous allons en faire notre quartier général, je suis certain que nous y serons bien. Assieds-toi et écoute-moi.

Il exposa alors à son jeune adjoint l'enquête qui les attendait, n'omettant aucun détail. Celui-ci l'interrompait parfois pour demander une précision ou suggérer une idée. Ce bras manquant les rapprochait déjà. Cette équipe semblait avoir été formée bien des années auparavant.
— Voilà, conclut Théodore, tu en sais autant que moi et, puisque je dois faire ton éducation, peux-tu me dire par quoi nous devrions commencer ?
Pierre ne réfléchit pas longtemps avant de répondre.
— Rencontrons les proches de ces trois disparues, en priorité les personnes qui ont fait le signalement.
— Bravo ! Je vois que tu as retenu les leçons de tes professeurs. Le terrain ! Il n'y a que ça de vrai, le terrain.
Théodore se sentait revivre. Il y avait cette enquête qui arrivait comme par miracle, mais aussi ce gamin. Il retrouvait toutes ses illusions perdues. Et ce bras, oui ce bras, était un signe. Il continua.
— Sais-tu utiliser un vélo ?
— Avec un seul bras, tu veux dire ?

— Ou alors sans bras !

— Bien sûr ! J'ai même équipé ma bécane d'un dérailleur Vélocio[1]. J'étais avec mon père devant le café « Le Réveil-matin » lors du départ du premier Tour de France, ça m'a donné le goût de la petite reine !

— J'y étais aussi ! s'exclama Théodore. Allons chercher nos montures pour enfin démarrer nos investigations.

Ayant récupéré leur machine dans la cour de la préfecture de police, ils se dirigèrent vers la rue du Pélican[2] où ils pensaient trouver l'amie de Madeleine, la prostituée. À peine étaient-ils descendus de leur bicyclette qu'ils se faisaient déjà apostropher.

— Alors, les coureurs, une envie pressante ? Je vous prends tous les deux ! Je vous ferai un tarif spécial, au bras !

Ignorant la dernière remarque, Théodore la questionna.

— Nous cherchons Jeanne la Caline.

— Elle ne travaille plus ici, mais rassurez-vous, je suis au moins aussi expérimentée qu'elle. Connaissez-vous la position du grand-bi[3] ?

— Pas intéressés ! On est de la police.

— Ah ! Des poulets !

— Et oui ma belle. Alors où est Jeanne la Caline ?

---

[1] Paul de Vivie (dit Vélocio) est la figure emblématique du cyclotourisme français. Il a promu et amélioré le dérailleur dans les années 1900.
[2] Anciennement la rue du Poil-au-Con. Inutile d'en dire plus !
[3] Allusion graveleuse à un ancêtre du vélo moderne. Il avait une très grande roue à l'avant et une toute petite à l'arrière.

— La Jeanne, elle tapine Rue du Petit-Musc[1]. Avec vos engins, ça ne vous prendra pas longtemps.

C'est au pied d'un immeuble de rapport qu'ils finirent par trouver celle qu'ils recherchaient.
— Jeanne la Caline ?
— Ça dépend ! C'est pour qui ?
— La police. On enquête sur la disparition de Madeleine. C'est bien vous qui l'avez signalée ?
— Ah, la rouquine ! Oui, c'est bien moi. Mais depuis quand les condés s'intéressent-ils à une pute qui s'évapore ?
— Depuis qu'une de ses amies les a informés de son absence préoccupante. Pouvez-vous nous en raconter les circonstances ?
— Bon, la rouquine, elle était marrante et on a vite sympathisé. Faire le tapin, ça rapproche. Un soir de février, un fiacre s'est arrêté rue du Pélican et lui a fait signe de monter. J'ai pensé qu'il la connaissait parce qu'il n'a pas fait mine d'hésiter à choisir l'une d'entre nous. Elle a discuté quelques minutes à la portière, puis elle a grimpé dans la voiture. C'est pas tellement dans nos habitudes, mais ça arrive. Le lendemain au matin, je ne l'ai pas vue. Je me suis dit qu'elle avait bien de la chance d'avoir pu passer une nuit entière avec un client et que ça avait dû lui rapporter bonbon.

Pierre écoutait en même temps qu'il regardait le corsage à balconnet de leur interlocutrice.
— Le surlendemain, toujours pas de rouquine. Je me suis inquiétée. J'ai été voir son julot, craignant qu'il l'avait battue, mais il m'a assuré qu'il ne l'avait pas aperçue depuis deux jours. Une semaine après, pas plus

---

[1] Naguère selon la légende nommée la rue de la Pute y muse. Quelle poésie !

de nouvelle, j'ai compris qu'il lui était arrivé malheur. Mais bon, c'est notre lot, à nous autres, de risquer notre peau. Si vous aviez idée du nombre de déglingués !

— Pourquoi avoir alerté la police ? demanda Théodore.

— C'est quand un de mes habitués m'a montré la une du Petit Journal qui parlait de ce Landru. Je me suis dit que c'était peut-être lui dans le fiacre.

— Justement, intervint Pierre, pouvez-vous nous donner une description de la voiture, de son passager ou du cocher ?

— Vous savez, la lumière dans cette rue, elle marche quand elle veut. Le cocher était emmitouflé et j'ai pas vu de signe particulier sur le fiacre. Il y a quand même un petit détail qui me revient. Le cheval avait une drôle de tache blanche en forme de croissant de lune sur son postérieur. C'est tout ce que je peux vous dire.

— Et c'est déjà pas si mal, répondit Théodore qui retrouvait ses sensations de traqueur. On vous remercie, faites attention à vous.

— Rendez-moi un petit service. Si vous mettez la main sur le criminel qui m'a enlevé la rouquine, prêtez-le-moi une heure. Je lui ferai des gâteries qui lui feront passer l'envie de recommencer.

La nuit était tombée depuis un moment déjà, il était trop tard pour démarrer les recherches pour le dossier Yvonne Perche. Théodore proposa à son adjoint.

— Soupons ensemble, veux-tu ? Nous reprendrons demain. Où loges-tu d'ailleurs ?

— Je loue une chambre de bonne avec un ami. Alors, ça me va bien de passer la soirée avec toi. Tu m'invites ?

Il y avait si longtemps que Méry n'avait pas partagé un repas, il fut copieux. Il en profita pour faire mieux connaissance avec son nouvel adjoint.

— As-tu une amoureuse ?

— Non. Enfin … pas une amoureuse comme tu l'entends.

Théodore n'en demanda pas plus, il comprit et continua comme si de rien n'était.

— Eh bien, puisque tu ne me poses pas la question, je n'ai pas de régulière. Tu sais sans doute qu'avec notre imperfection, il nous sera difficile de fonder une famille un jour. Mais après tout, avoir des enfants pour les envoyer se faire tuer à la guerre, est-ce un avenir si enviable ? J'ai la solitude comme compagne et elle ne me trompe jamais.

Pierre ne répondit pas, il était trop tôt.

21 avril 1919

Le lendemain au petit matin, ils se retrouvèrent dans la cour de la préfecture, comme convenu la veille. Ils se rendirent directement au 5, rue de Cambon. Monsieur Antoine y avait ouvert le salon de coiffure dans lequel officiait Yvonne Perche. L'accueil ne fut pas des plus chaleureux.

— Mademoiselle Perche ? Elle nous a fait faux bond, sans même avoir l'obligeance de nous prévenir. Elle n'est même pas passée prendre son arriéré de salaire. Si vous voulez mon avis, elle a trouvé un riche godelureau pour l'entretenir. Il faut vous dire qu'elle n'était pas timide, si vous voyez ce que je veux dire.

— Mais sa sœur nous a signalé sa disparition !

— Alors, c'est qu'il l'a emmenée en voyage chez les Zoulous. C'est à la mode en ce moment.

Les deux policiers ne purent rien tirer d'autre. Il fallait interroger la sœur. Elle les reçut à la porte d'un petit appartement de l'arrondissement voisin.

— Bonjour, que puis-je faire pour vous ? leur dit-elle en regardant avec insistance les membres manquants.

— Je suis l'inspecteur Théodore Méry et voici l'inspecteur Pierre Rambourd. Nous enquêtons au sujet de la disparition de votre sœur Yvonne.

À ces mots, elle fondit en larmes. Ce n'est que plusieurs minutes plus tard qu'elle les fit enfin entrer. Elle se laissa tomber sur une chaise.

— Yvonne ! Il lui est arrivé malheur, c'est bien ça ?

— Nous ne l'avons pas encore retrouvée. Pouvons-nous vous questionner ?

— Oui, pardonnez-moi. Je suis à bout de nerfs. Yvonne est ma petite sœur et j'ai promis à mes parents de veiller sur elle quand nous avons quitté notre Dordogne pour Paris. J'ai failli à ma mission et cela me désespère. Que vais-je leur dire ?

— Ils ne sont pas au courant ?

— Non, je n'ai toujours pas osé.

— Racontez-nous la dernière fois que vous l'avez vue. Paraissait-elle soucieuse ?

— Non, bien au contraire. Nous étions au bal musette, plus précisément au bal du Moulin de la Galette où on se tricotait gaiement les gambettes. Et puis, à un moment, je l'ai perdue de vue. Mais vous savez ce que c'est, il y avait du monde et je ne me suis pas inquiétée outre mesure. Ce n'est que vers deux ou trois heures du matin, alors que ça se vidait et que je ne la trouvais toujours pas, que je me suis un peu alarmée. Pour me rassurer, je me suis dit qu'un beau jeune gars l'avait sans doute ramenée et qu'elle n'avait pu me prévenir.

— Avait-elle l'habitude de faire de la sorte ?

— Non. Mais Yvonne devenant de plus en plus femme attirait les hommes et je me doutais bien qu'un jour ou l'autre, elle m'échapperait pour rejoindre les bras de l'un d'entre eux.

S'arrêtant, ses yeux se figèrent de nouveau sur les manches vides des enquêteurs. Ils ne s'en offusquèrent pas, accoutumés qu'ils étaient aux regards appuyés, à la pitié qu'ils suscitaient.

— Continuez s'il vous plait.

— Lorsque je suis revenue à l'appartement, elle n'y était pas. Ce n'est que le lendemain matin que je me suis affolée quand, ne la voyant toujours pas rentrer, je me suis rendue au salon de coiffure et qu'on m'a répondu qu'elle n'était pas arrivée. J'ai tout de suite signalé sa disparition aux policiers qui sont venus m'interroger. Ils ne prirent pas de gants pour m'annoncer leur conclusion : Yvonne avait fugué.

Théodore connaissait bien les méthodes de certains de ses anciens collègues. Ils préféraient aller au plus simple, au plus apparent, s'évitant toute complication. Il fit signe à son adjoint qui comprit que c'était à lui de terminer. Pierre posa une ultime question à laquelle il avait déjà la réponse.

— Pourquoi avoir refait un signalement la semaine dernière ?

# 5

L'homme reposa le journal. Il avait lu tous les articles relatifs à l'affaire Landru. Son esprit commença à vagabonder. Merci cher ami. Merci d'attirer à toi tous les regards, merci de concentrer toutes les forces de police.

Il admira encore une fois son œuvre. Dix-mille francs or, il m'en donne dix-mille francs or! J'aurais dû demander plus. Je ne suis pas un bon négociateur. Tout ce travail accompli!

Il m'a fallu m'y reprendre à trois fois pour arriver à la perfection. À la première, j'ai raté le décollage de la peau. J'ai malgré tout continué pour acquérir l'expérience nécessaire, n'ignorant pas que j'aurais à recommencer. Lors de ma seconde tentative, j'avais presque terminé, tutoyant l'excellence, quand je m'aperçus que j'avais oublié quelques chairs que la pourriture attaquait déjà. Je savais qu'il n'y aurait pas de quatrième chance, mais cela ne m'a pas oppressé, bien au contraire. Je maitrise mon art, je suis sans doute le meilleur au monde même si cela ne sera jamais reconnu.

Dix-mille francs or! Je vais pouvoir prendre ma retraite, une retraite dorée après toute une vie de labeur. Il passera demain à la nuit tombée pour prendre livraison. En prendra-t-il soin? Saura-t-il l'entretenir?

# 6

Après le diner, les deux inspecteurs reprirent leur monture pour se rendre au domicile de la famille Degoupil. Ils furent invités par un domestique à patienter dans un petit salon. Ils pouvaient sentir l'opulence, ça puait l'opulence ! Théodore s'était renseigné, Mr Degoupil était un modeste entrepreneur que la guerre avait enrichi, au fil des contrats juteux qu'il avait su négocier avec l'armée. Il s'était engraissé pendant que des centaines de milliers d'hommes crevaient de faim dans les tranchées avant de crever pour de vrai. Aujourd'hui, il affichait son aisance avec indécence.

Le domestique les fit entrer dans le grand salon où les attendant le maitre des lieux.

— Bonjour messieurs, on me dit que vous êtes policiers. Que puis-je faire pour vous ?

— Je suis l'inspecteur Théodore Méry et voici l'inspecteur Pierre Rambourd. Nous enquêtons au sujet de la disparition de votre fille Colette.

L'homme se rembrunit.

— Ne me parlez plus de cette trainée ! Elle a disparu ? Grand bien lui fasse.

— Il s'agit de votre enfant, tout de même !

— Elle n'est plus ma fille, je l'ai reniée. Elle nous a apporté le déshonneur, après tout ce que j'ai fait pour elle !

L'épouse de l'homme d'affaires entra discrètement dans la pièce, très certainement à cause des vociférations de son mari. Il la regarda avec dédain et lui fit signe de se taire. Pâle, elle ressortit.

Théodore continua.

— Cependant, nous aurions quelques questions à vous poser. Quel déshonneur vous a-t-elle apporté ?

— Je lui trouve un promis de bonne famille. De plus, cet imbécile l'aime et elle n'en veut pas. Pire, elle l'humilie publiquement au gala de bienfaisance en faveur des mutilés de guerre.

S'apercevant de sa gaffe, il se reprend.

— Enfin, des grands invalides.

— Avait-elle l'air différente ces derniers temps ?

— Je l'ai mise à la porte ! vous dis-je. Il suffit. Laissez-nous digérer notre honte.

Théodore fit ce qu'il pouvait pour garder son sang-froid.

— Une petite question avant de partir, si vous le permettez. Quel est le nom de cet homme éconduit ?

— Et cela vous regarde en quoi ?

— Cela nous regarde du fait que nous sommes de la police et que, si vous ne souhaitez pas subir le scandale suprême d'un interrogatoire à la préfecture, il vaudrait mieux nous répondre ici. Je connais quelque fouille-merde au Petit Parisien qui serait ravi de vous mettre à la une.

— Bon, bon, se calma-t-il. Il s'appelle Robert Leleu, vous le trouverez au 4, rue de Saint-Simon. Je ne vous raccompagne pas.

Les deux hommes furent presque jetés dehors par le domestique après cette brève conversation.

— Je déteste ce type, dit Pierre.

— Comme je te comprends. Seul son statut l'obsède. Mais un jour, tout s'écroulera pour lui. As-tu suivi les évènements de Russie ?

— Non. Que se passe-t-il en Russie ?

— La révolution. Mais revenons-en à notre affaire. Allons rendre visite à l'ami de Colette, celui qui a signalé sa disparition.

Dans sa déposition, il avait donné une adresse à Montparnasse, celle d'un bistrot où il avait ses habitudes, avait-il dit. Ils le trouvèrent en grande conversation avec un homme d'une quarantaine d'années.

— Monsieur Lepoulain ?

— C'est moi, répondit le plus jeune des deux, interrompant sa discussion, en fixant Pierre avant de se tourner vers Méry.

Théodore vit son jeune ami baisser la tête et reculer d'un pas.

— Inspecteurs Théodore Méry et Pierre Rambourd, de la préfecture. Pouvons-nous vous parler ? Il s'agit du signalement que vous avez fait à propos de Colette Degoupil.

— Vous l'avez retrouvée ?

Pierre restant silencieux, Théodore entreprit de questionner l'ami de la disparue. Il comprit rapidement que les informations recueillies ne feraient pas progresser l'enquête. Colette Degoupil fréquentait le milieu de Montparnasse depuis plusieurs mois. Elle y appréciait principalement les poètes, même si les peintres ne la laissaient pas indifférente, servant de temps à autre de modèle. L'argent de son père, servait bien malgré lui à aider ces artistes et ces génies méconnus sans le sou. Elle s'était évanouie du jour au lendemain, sans prévenir, et le jeune Lepoulain avait fini par s'inquiéter.

— Tu es resté bien silencieux, dit Théodore à son jeune adjoint, quand ils se retrouvèrent dans la rue. Tu connais ce jeune homme ?

Pierre rougit en silence.

— Écoute ! Je n'ai pas de jugement à porter sur ta vie sentimentale. Nous devons par contre avoir confiance l'un en l'autre. Connais-tu ce jeune homme ?

— Oui.

— Ta réponse me suffit. Ne crois pas que je sois ignorant de la faune qui déambule ici. J'ai même côtoyé le Bateau-Lavoir [1] avant-guerre, alors que tu n'étais qu'un enfant. Je peux même te dire que l'homme avec qui conversait ton ami n'est autre que Max Jacob, ami de Guillaume Apollinaire.

Pierre bredouilla.

— Excuse-moi.

— N'en parlons plus. Tiens, que dirais-tu de souper au milieu de tous ces contestataires ?

— La Brasserie du Dôme, ça te dit ?

— Banco ! Et demain, nous irons interroger l'éconduit.

---

[1] Cité d'artistes établie sur la butte Montmartre à la fin du XIXème siècle.

# 7

Il leur fallut montrer patte blanche à la concierge de cet immeuble cossu du 7ᵉ arrondissement.

— Troisième gauche ! finit-elle par lâcher.

Ils délaissèrent l'ascenseur pour prendre l'escalier, Théodore ayant ramené une sévère claustrophobie des tranchées.

— Souhaites-tu mener l'interrogatoire ? demanda-t-il à son jeune adjoint.

— Et pourquoi pas ? N'hésite pas à me corriger si tu penses que je m'égare, répondit Pierre en souriant.

— Alors, je te laisse toquer et nous présenter. N'oublie pas, tu es un inspecteur, pas un stagiaire !

Une femme sans âge, mais certainement très vieille ouvrit.

— Bonjour, je suis Pierre Rambourd et voici Théodore Méry. Nous sommes inspecteurs à la préfecture de police et nous souhaitons parler à monsieur Robert Leleu.

— Je vais voir s'il peut vous recevoir. À cette heure-ci, il n'est pas toujours présentable. Veuillez patienter.

— À cette heure-ci ? Il est onze heures ! dit Pierre. Sûr qu'il doit vivre de ses rentes.

Ils attendirent plus de dix minutes avant que la femme revienne.

— Entrez ! Monsieur va vous recevoir.

Il leur fallut poireauter quinze minutes de plus avant que Monsieur daigne apparaitre.

— Pardonnez-moi, leur dit-il en s'avançant pour leur serrer la main.

Encore une fois, Pierre et Théodore firent comme si de rien n'était. Profitant du malaise que leur membre manquant avait provoqué, Pierre se lança.

— Bonjour monsieur Leleu. Nous sommes venus recueillir votre témoignage au sujet de la disparition de mademoiselle Colette Degoupil.

L'homme, déjà déstabilisé quelques instants auparavant, sembla s'effondrer dans le fauteuil derrière lui. Il était grand, filiforme, le teint blanchâtre, presque transparent. On lui aurait donné la cinquantaine, mais il était probable qu'il n'avait pas dépassé les quarante ans.

— Hélas ! Je ne sais pas en quoi je puis aider la police à ce sujet. Je n'ai pas revu mademoiselle Degoupil depuis ce triste soir où …

Il ne termina pas sa phrase, plongeant la tête entre ses mains. Pierre continua l'interrogatoire par quelques questions auxquelles leur interlocuteur ne répondit que par bribes.

— Connaissez-vous les dénommées Madeleine, dite la rouquine, et Yvonne Perche ?

— Non.

Théodore finit par conclure, sentant qu'ils ne tireraient rien de plus.

— Il ne nous reste plus qu'à nous excuser du dérangement et à vous laisser.

À peine étaient-ils dans la rue que Pierre se retourna vers son collègue et l'apostropha.

— Nous excuser du dérangement ! En voilà des manières ! Pardon de te dire ça, mais, après avoir fait le pied de grue en attendant que Monsieur veuille bien nous recevoir, après avoir espéré que Monsieur daigne répondre à nos questions, je t'ai trouvé bien poli.

— Ah, la jeunesse ! Tu apprendras bien vite qu'il ne sert à rien de se mettre les gens de la haute à dos. Je conclus de ta remarque que tu n'as rien vu !

— Vu quoi ?

— Donc, tu n'as pas vu ses yeux ! Il a eu beau se les cacher avec ses mimiques d'amoureux délaissé, je les ai vus, moi.

Pierre se calma aussitôt. Quelle chance il avait de faire équipe avec cet inspecteur aussi expérimenté ! Il baissa d'un ton.

— Et qu'avaient-ils, ses yeux ?

— J'y ai deviné la peur. N'as-tu pas remarqué ses mains qui tremblaient, la sueur qui commençait à perler sur son front ? Il s'est bien repris après sa petite scène, mais ça ne m'a pas trompé. Il ment.

— Maintenant que tu le dis, je le trouve assez ressemblant avec la description que nous a faite Yvonne Perche de l'homme attablé au bal musette.

— Bien, Pierre, très bien. J'y pensais également. Tu as raison. Que proposes-tu ?

Pierre appréciait que son tuteur le fasse ainsi participer à l'enquête. Ces derniers mois, encore étudiant, il avait rencontré tant de policiers, imbus de leur personne et de leur pouvoir qui l'appelait « petit » d'un ton tellement condescendant. Il ne réfléchit pas longtemps, s'évertuant à mettre en pratique ce qu'il avait appris.

— Nous pourrions tenter une confrontation.

— Huit sur dix ! Exactement, une confrontation. Si j'étais ton instituteur, je t'aurais déjà donné un bon point, mais voyons si tu mérites l'image. Une confrontation et ?

Pierre eut beau chercher, il ne comprit pas où Théodore voulait arriver. Celui-ci le délivra vite.

— Une confrontation et une surveillance. Plaçons-le sous filature. Dans l'état d'angoisse où nous l'avons mis, s'il a quelque chose à se reprocher, nul doute qu'il commettra une erreur.

— Mais bien sûr ! Souhaites-tu que je m'en charge ?

— Il te connait et je ne te crois pas suffisamment aguerri pour cet exercice. As-tu entendu parler des apaches ?

— Les indiens ?

— Non, les apaches[1] étaient des bandes de voyous et de criminels qui sévissaient à Paris avant la guerre. Le conflit a décimé leurs rangs, mais j'ai conservé des attaches avec l'un d'entre eux, un des marlous de Belleville, à qui j'ai rendu un petit service. Enfourche ta bécane, nous allons l'appeler à la rescousse.

— Un petit service ? Ne me dis pas que tu les as aidés à commettre leurs crimes !

— C'est bien plus compliqué que cela, mais je t'expliquerai un autre jour les relations quelquefois ambigües entre la police et les bandits. En attendant l'assistance de mon débiteur, proposons ouvertement à ce mendiant de monter la garde. Je suis certain que ce Roger Leleu nous épie et cela l'affolera encore plus quand il verra qu'il est surveillé. Dès que le véritable fileur sera là, le miséreux partira et notre homme croira la voie libre.

Pierre siffla.

— Quel Machiavel tu fais !

---

[1] Apache est un terme générique qui sert à désigner des bandes criminelles du Paris de la Belle Époque.

— Si elle veut arriver à ses fins, la police doit être plus retorse que ceux qu'elle poursuit.

## 8

— Où sont mes dix-mille francs or ?

L'homme avait ouvert à son client tout sourire, pensant enfin percevoir la juste récompense de son travail acharné. Il avait vite déchanté devant la mine abattue de son visiteur.

— Il y a un problème, lui dit-il. La police est passée ce matin à mon appartement.

— Ils ont dû avoir vent de la disparition de votre bien-aimée. Rien d'anormal.

— C'est ce que j'ai cru tout d'abord, mais ils ont mis l'immeuble sous la surveillance d'un traine-misère du quartier. Ils me soupçonnent sans doute. Fort heureusement, il n'a pas été très assidu à sa tâche et j'ai pu sortir.

— N'avez-vous pas l'imagination qui fait des siennes ?

— Je ne pense pas, d'autant plus qu'ils m'ont parlé des deux autres.

Le taxidermiste se passa la main dans le peu de cheveux qu'il lui restait. Il devait réfléchir, vite et bien.

— Comment voulez-vous qu'ils trouvent la moindre preuve ? Tant qu'il n'y a pas de corps, il n'y a pas de meurtre.

— Il y a autre chose dont je ne vous ai pas parlé.
— Quoi donc ?
— Il y a un témoin.

— Comment ça, un témoin ?

— Au bal musette, la seconde était accompagnée de sa sœur. Elle m'a vu.

Le visiteur enchaina.

— En tout cas, il n'est plus question que j'emporte votre réalisation seul. Vous allez devoir m'aider. Puis-je la regarder ?

Pendant que son client restait figé devant l'œuvre, le taxidermiste continua sa méditation. Un témoin ! De mieux en mieux, ou plutôt de pire en pire. Que ne lui avait-il pas dit avant ! Ils n'avaient plus le choix désormais, mais cela allait avoir un prix.

— Ce n'est plus dix-mille, mais cinquante-mille francs que vous me devrez.

## 9

Théodore et Pierre passèrent une bonne partie de l'après-midi à rédiger les comptes-rendus des premiers éléments de l'enquête.

— Vois-tu, dit Théodore en formateur consciencieux, ce travail, si rébarbatif qu'il soit, est essentiel. Sans ces rapports, il ne servirait à rien d'appréhender les criminels, car la justice serait incapable de faire son œuvre et ils sortiraient de ses murs aussi blancs que neige.

Ils terminèrent cette journée par une visite au commissaire Vandamme.

— Ah ! Voilà la brigade des manchots !

Le ton qu'il avait employé était enjoué et les deux inspecteurs n'en prirent pas ombrage. Pour une fois qu'on ne les regardait pas avec pitié !

— Bonsoir commissaire, répondit Théodore. Ma foi, cette appellation me va, j'ose dire, comme le seul gant dont j'ai besoin. Et toi, Pierre ?

Le jeune homme sourit.

— Si c'est bon pour toi, ça l'est pour moi.

— Je vois que cette nouvelle équipe ne manque pas d'humour et qu'elle se parle déjà avec une certaine familiarité. Bien. Alors, cette affaire de rousses ?

Théodore aurait préféré que Pierre réponde, mais respecta malgré lui la hiérarchie.

— Nous pouvons d'ores et déjà vous confirmer que votre Landru ne peut être soupçonné d'avoir enlevé ces trois jeunes femmes.

— Votre pressentiment est donc avéré.

— Oui et plus encore. Nous en sommes arrivés à suspecter un individu que nous souhaiterions montrer à un témoin possible.

— Voyez l'inspecteur Petit, mon adjoint. Il vous rédigera l'acte vous autorisant à les amener à la préfecture de police. Vous vous installerez dans la salle réservée aux confrontations discrètes, vous savez comment ça marche ?

— Oui, bien sûr. Nous placerons l'homme sur une estrade avec quatre ou cinq collègues. Le témoin, disposé dans un coin sombre de la pièce, nous dira s'il le reconnait.

— Bravo, ni la guerre ni les archives ne vous ont obscurci l'esprit.

La première visite qu'ils firent le lendemain matin fut pour la sœur d'Yvonne Perche. Ils n'eurent pas de réponse quand ils toquèrent à la porte de son appartement bien qu'il fût très tôt. Cela les inquiéta. Machinalement, Pierre actionna la poignée, le vantail s'ouvrit.

La jeune femme était allongée sur le lit, semblant dormir.

— Elle est morte, dit Pierre après lui avoir pris le pouls. Et depuis deux ou trois heures tout au plus.

— Ne touche à rien ! Je ne crois pas qu'une personne de cet âge puisse succomber ainsi sans qu'on l'y ait aidée. Il n'y a que deux pièces, cherchons-y les traces d'un crime.

Rien, rien qui puisse faire office d'indice. En désespoir de cause, Théodore s'agenouilla et scruta le sol.

— Éclaire-moi, là, sous le lit.

Il s'allongea complètement pour atteindre le milieu du sommier.

— Et voilà !
— Qu'as-tu trouvé ?
— Regarde, on dirait une aiguille de seringue.
— Que fait une seringue dans la chambre d'une jeune femme ?
— Elle n'a rien à y faire, justement. Examinons mieux le corps, cherchons une trace de piqûre.
— Là, dit Pierre, derrière l'épaule.
— Comment veux-tu qu'une personne se pique à cet endroit ? On l'a piquée ! Bon, mettons les scellés et avertissons nos collègues. Ils feront le nécessaire. Le médecin légiste nous en dira plus.

En ressortant de la préfecture de police, Pierre interrogea.

— Nous voici revenus au point de départ. Plus moyen de reconnaitre le suspect. Que faisons-nous ?
— Une enquête, c'est comme suivre une piste. Parfois, on trouve une impasse, il nous faut alors rebrousser chemin pour saisir une bifurcation que nous avons ignorée auparavant. Ce n'est pas pour autant que nous reculons. Allons voir mon apache. Il est fort à parier qu'il est tapi dans la rue Saint-Simon.

C'est bien là qu'ils le débusquèrent.

— Votre loustic est dans ses appartements. Par contre, il est sorti hier après-midi pour aller dans la boutique d'un empailleur rue Dieu, près du canal Saint-

Martin. Il y a passé deux heures puis est revenu directement ici.

— Merci, mon ami. Continue comme ça.

— Tu vois, Pierre, une nouvelle piste s'ouvre. Suivons-là !

Le magasin regorgeait de créatures en tous genres, à commencer par la vitrine. Le maitre des lieux les accueillit avec le sourire d'un honnête commerçant.

— Bonjour messieurs, que puis-je faire pour vous ? Avez-vous un animal à me confier ? Un trophée de chasse ?

— Pas tout à fait, répondit Théodore. Nous sommes inspecteurs à la préfecture de Paris et désirons vous poser quelques questions.

Le visage du boutiquier se referma quelque peu sans pour autant donner des signes de nervosité.

— Ah ! La police ! Souhaitez-vous que j'immortalise un criminel ? Ce Landru dont on nous rebat les oreilles par exemple.

— Si cela arrive un jour, j'ai bien peur qu'il lui manque la tête.

— Et que puis-je bien faire pour vous ?

— Vous interroger. Vous interroger à propos d'un homme qui est entré dans votre boutique hier dans l'après-midi.

— Il y a beaucoup de gens qui viennent ici, souvent par simple curiosité. Pouvez-vous me le décrire ?

— Grand, mince, la quarantaine.

— Je ne vois que monsieur Leleu qui corresponde. Il est effectivement passé hier.

— Que voulait-il ?

— Il s'est renseigné sur l'empaillage de gibier qu'il espère rapporter d'une chasse en Sologne prochainement.

— Bien, merci.

— Est-il inopportun de vous demander la raison de votre intérêt pour mon client ?

— Oui. Il s'agit d'une enquête de police et il nous est défendu de communiquer.

— Je comprends.

— Entre nous, et parce que je suis persuadé de votre discrétion, je peux vous dire que nous investiguons à propos des disparitions suspectes de trois jeunes femmes.

Pierre n'en revenait pas. Pourquoi Théodore avait-il divulgué cette information ? Il s'en ouvrit alors qu'ils se dirigeaient vers la morgue, espérant que le médecin légiste aurait déjà les premiers éléments.

— Pourquoi as-tu parlé des disparitions ?

— Cher ami, encore ce problème de chemin qui fourche ! En l'occurrence, il y a deux possibilités. Ou notre homme est complètement étranger à notre affaire et qu'il soit au fait de ces disparitions n'a aucune espèce d'importance, ou il y est mêlé de près ou de loin, ce dont je ne suis pas loin d'être convaincu. Son histoire de trophée de chasse m'a tout l'air d'un attrape-nigaud. Dans ce cas, nous ne lui avons rien appris, mais j'ai bon espoir que cela va provoquer une réaction.

# 10

Ils sont sur sa piste ! L'imbécile ! Pourquoi est-il venu hier ? Il n'y a plus à tergiverser. Je lui livre l'œuvre cette nuit, il me paie et je décampe ! La retraite approche, cher maitre.

Quand les deux inspecteurs avaient quitté sa boutique, l'homme avait dû calmer la nervosité intérieure qu'il avait, pensait-il, réussi à masquer durant la conversation. Ils ne le suspectaient pas encore, il serait déjà dans le fourgon cellulaire en route pour l'antichambre de l'échafaud si c'était le cas, mais cela ne saurait tarder. Cette brèle de Leleu ne résisterait pas bien longtemps à un interrogatoire poussé.

Il ouvrit la porte de son laboratoire et murmura.

— Bon ! Premièrement, l'emballer, ensuite attendre la nuit et pour terminer, la livrer.

— Surtout ne pas donner l'impression de paniquer ! se répondit-il comme il avait l'habitude de le faire. Reste bien sagement à l'intérieur, il y a de grandes chances qu'ils te fassent surveiller.

Pourquoi avait-il accepté ? Pour l'argent ? Sans doute, mais surtout pour l'art. Un créateur pouvait n'avoir aucune limite pourvu que son œuvre soit unique et éternelle. Son nom passerait-il à la postérité ? Et à quel titre ?

## 11

— Empoisonnement !

Le médecin légiste résuma d'un mot le rapport de trois pages que son apprenti, un jeune diplômé, venait de retranscrire. Théodore ne fut pas surpris, mais demanda quelques explications.

— Empoisonnement au laurier rose.

— Une si belle plante ! lâcha Pierre.

— Ne vous y fiez pas ! La dose létale pour une personne de ce poids est de quinze grammes environ. Le décès survient quelques heures après l'ingestion après des douleurs abdominales, des nausées, des vomissements, des tremblements. Dans notre cas, le poison était si concentré que la mort est arrivée quelques minutes après l'injection sans que la victime ne puisse réagir. Cela explique qu'elle semblait dormir quand vous l'avez découverte.

— Je ne la verrai plus du même œil ! rit Théodore.

— Savez-vous qu'il y a à peine cent ans, une douzaine de soldats ont succombé pour avoir utilisé une de ses tiges comme broche à rôtir ?

— Résumons ! dit Théodore alors qu'ils étaient encore sur le porche de la morgue. Trois jeunes femmes disparaissent. Aucun corps n'est retrouvé. Un homme ressemblant fort à notre Robert Leleu est aperçu par la sœur d'une des victimes. Elle vient d'être assassinée avant que nous puissions la confronter au suspect. En clair, nous n'avons rien !

— Pardon ? répondit Pierre. Et l'empailleur ?

— Bien sûr, nous le tenons pour coupable, mais comme pour l'autre, rien pour l'embarquer.

— Et si nous le brusquions !

— S'il est impliqué, il me semble bien maitre de ses nerfs. Je l'ai bien observé tout à l'heure, il n'a pas bronché quand je lui ai parlé des disparues. Non, s'il en est un que nous pourrions secouer un peu, c'est bien Robert Leleu. On ne peut par contre pas y aller sans biscuit. Je veux dire qu'il nous faut mettre au point un petit scénario.

— Un scénario ?

— Oui ! Vous a-t-on appris la technique du bon et du méchant flic ?

— Hein ?

— Mais que vous enseigne-t-on dans cette école ? C'est bien une école de police, non ?

Pierre ne répondit pas, attendant que son nouveau professeur se décide à l'affranchir.

— Que dirais-tu de passer la soirée chez moi ? Je vais te donner des cours particuliers ! Il y a en bas un bistrotier qui cuisine une blanquette comme personne. Je la ferai livrer et il me reste une ou deux bouteilles de rouge d'Anjou, ça fera l'affaire.

— C'est que je ne voudrais pas déranger.

— Penses-tu ! Je vis seul avec un chat du quartier qui a élu domicile sur mon lit. Un peu de compagnie me fera au contraire le plus grand bien.

La blanquette tint toutes ses promesses. Théodore initia son jeune apprenti à la vraie vie d'inspecteur, filatures, interrogatoires, planques et autres ficelles du métier. Ils décidèrent d'un commun accord que Pierre jouerait le méchant pendant l'opération du lendemain.

— Il est l'heure de se coucher, conclut-il. Je dois te prévenir qu'il m'arrive de rêver, ou plutôt de cauchemarder. Pardonne-moi d'avance si je te réveille par des cris. Le souvenir des tranchées est encore bien présent dans ma triste mémoire et en particulier le jour où …

Il ne finit pas et Pierre se garda bien de demander la suite. Il se doutait bien. Lui-même se levait parfois le matin trempé, ayant fui la bombe toute la nuit. La brigade des manchots ! Le commissaire avait trouvé le bon mot. Mais ils n'étaient pas manchots que des bras, une partie de leur cerveau avait également été traumatisée.

**12**

La nuit avait été mouvementée. Prenant mille précautions, l'homme avait déjoué la surveillance dont il pensait faire l'objet. L'œuvre n'était pas si lourde, vidée de ses entrailles, mais il ne fallait pas l'égratigner. Emballée dans une nappe épaisse, il l'avait placée dans une voiture à bras sous un monceau de linge.

En pleine nuit, il avait parcouru les deux kilomètres qui le séparaient de sa destination aussi vite qu'il l'avait pu. Ce n'était pas tant la police que les miséreux qu'il craignait. Ils l'auraient dépossédé sans vergogne de ce qu'ils pouvaient prendre pour une marchandise à refourguer aux puces. Il avait emprunté une porte secondaire au 215, boulevard Saint-Germain. Le plus compliqué avait été de monter le paquet au troisième étage sans alerter la concierge.

— Vous ?
— Qui vouliez-vous que ce soit ? Nous avions convenu de cette livraison hier.
— C'est que …
— Qu'est-ce que vous attendez ? Faites-moi entrer, on pourrait nous surprendre.
Robert Leleu fixa l'imposant colis.
— C'est elle ?
— Évidemment ! Une œuvre incomparable, unique au monde. Montrez-moi l'endroit.

La cache avait été aménagée derrière une grande et lourde armoire normande qu'il fallut d'abord bouger.

— Où est la vieille servante ?

— Rassurez-vous, je lui ai donné son congé.

Semblant presque hypnotisé par le colis, Robert Leleu continua.

— Puis-je la déballer ?

— Si vous y tenez, mais soyez précautionneux.

Ils dressèrent l'œuvre à sa place définitive, mais, avant de la refermer, le client ne put s'empêcher de la caresser. Il pleura.

— Il est temps pour moi de foutre le camp, dit le taxidermiste, et je vous conseille d'en faire autant. La police est sur les dents, ils vous soupçonnent.

— Cela n'a plus d'importance. Elle est ici et c'est tout ce qui compte.

— Comme vous voulez. Payez-moi.

Robert Leleu tendit une enveloppe à son interlocuteur qui l'ouvrit et vérifia.

— Il n'y a que dix-mille ! Nous avions convenu cinquante !

— Je n'ai pas eu le temps de passer à la banque.

Le taxidermiste s'échauffa.

— Vous aviez tout le temps nécessaire ! Vous vous foutez de moi ?

— Dix-mille, ce n'est déjà pas si mal pour une botte de paille !

C'en fut trop. Saisissant un vase en grès, il frappa, frappa, frappa, jusqu'à ce que la tête de Robert Leleu ne soit plus qu'une masse rouge et informe.

— De toute façon, tu devais mourir, murmura-t-il. Tu m'aurais dénoncé, faible que tu es !

## 13

Comme convenu, Pierre cogna violemment la porte. Personne ! Elle ne s'ouvrit pas plus quand Théodore baissa la poignée.

— L'apache m'a pourtant affirmé qu'il ne l'avait pas vu sortir, dit Théodore.

— Il y a peut-être une autre issue ?

Théodore ne répondit pas immédiatement. Une autre issue ! Mais oui ! Pourquoi n'y a-t-il pas pensé avant ?

— Descendons et questionnons-le.

Le surveillant se fâcha.

— Pour qui me prends-tu ? Évidemment que j'ai placé quelqu'un boulevard Saint-Germain.

— Toute la nuit ?

— Faut pas pousser ! On a le droit de dormir nous aussi. La nuit, c'est service réduit, un quart d'heure ici, un quart d'heure de l'autre côté.

— Demandons une clé à la concierge, intervint Pierre.

Comme toute cerbère digne de ce nom, elle défendit son territoire avec ténacité.

— Et pourquoi donc ? Monsieur Leleu est un homme respectable. Et où est votre mandat ?

Ils n'en avaient évidemment pas et allaient devoir se résigner à retourner à la préfecture pour en avoir un.

C'est alors que la vieille domestique qu'ils avaient vue lors de leur dernière visite se présenta.

— Avez-vous une clé de l'appartement de monsieur Leleu ? demanda Théodore.

— Euh !

— Avez-vous ou non ces clés ? insista Pierre.

— Je les ai. Monsieur Leleu est rarement levé à l'heure où j'arrive. Il faut bien que je puisse rentrer.

— Alors montons et ouvrez-nous.

C'était un ordre et il ne serait pas venu à l'idée à la servante de réclamer des explications ou pire, de refuser.

Théodore dut retenir la vieille dame qui s'affaissa comme une chiffe molle à la vue de la tête atrocement saccagée de son patron. Il l'allongea dans la pièce voisine avant de rejoindre son collègue.

— C'est lui ? dit Pierre.

— On dirait bien. En tout cas, ce qu'il en reste. Ne touche à rien, observe et dis-moi. On n'étudie pas ça à l'école des inspecteurs.

— L'arme du crime c'est ce vase. Regarde, il n'est même pas fêlé, plus solide qu'une caboche. L'assassin s'est acharné sur sa victime.

— Bien. Allons voir si la domestique est revenue à elle.

Elle avait bien les yeux ouverts, allongée à même le sol, mais semblait perdue. Théodore lui parla doucement en lui tenant délicatement la main.

— Je sais bien que ce n'est pas vraiment le moment, mais il faut pourtant que je vous interroge. Pouvez-vous répondre à mes questions ?

— Oui, murmura-t-elle sans le regarder.

— Étiez-vous au service de monsieur Leleu depuis longtemps ?

— Depuis toujours. Je l'ai tenu dans mes bras à sa naissance et l'ai suivi à la demande de ses parents quand il a décidé de monter à Paris.

— Avait-il l'air soucieux depuis quelque temps ?

— Il n'a pas supporté que celle qu'il aimait le rejette. Depuis, il n'est plus que tristesse. Ces derniers jours, il avait retrouvé quelques moments de gaieté qui me faisaient peur.

— Peur ?

— Oui. C'était une gaieté presque morbide, comme s'il s'attendait à ça, comme s'il l'espérait.

— A-t-il reçu des visites récemment ?

— À part vous ? Je ne me souviens pas.

Elle finit par regarder Théodore.

— Il y a bien cet individu qui est passé il y a une dizaine de jours. Monsieur m'avait donné mon congé pour la soirée, mais, arrivée chez moi, je me suis aperçue que j'avais oublié mon cabas. Comme ce n'est pas très loin, je suis revenue et, quand j'ai ouvert la porte, il y avait un homme qui parlait dans le bureau.

— À quoi ressemblait-il ?

— Je ne sais pas. J'ai pris mon sac et suis repartie sans qu'ils me voient.

— Vous n'allez pas me faire croire que vous n'êtes pas curieuse ! Surtout concernant cet homme que vous avez langé.

— C'est vrai, j'ai un peu écouté, mais un peu seulement.

— Qu'avez-vous entendu ?

— Il a parlé de dix-mille francs, d'œuvre d'art, que c'était compliqué, que monsieur allait devoir l'aider.

— Sauriez-vous reconnaitre son intonation ? intervint Pierre.
— Je ne pense pas. Il avait une voix normale.

Ils la raccompagnèrent chez elle après avoir posé les scellés. Le médecin légiste allait encore se plaindre de la pénurie de personnel face à l'affluence des macchabées. Mais, qu'y pouvaient-ils ? Il est vrai qu'ils ne manquaient pas dans cette affaire qui avait pris un tournant inattendu depuis que la sœur d'Yvonne avait été assassinée.

Théodore était désormais persuadé que tout était lié, que, malheureusement, les trois jeunes femmes étaient certainement mortes elles aussi. Restait un protagoniste, le seul qui était toujours en vie. Le fait qu'il soit apparu dans ce micmac ne pouvait être dû au simple hasard.

— Retournons à l'appartement !
À peine sortis du bureau du commissaire, Théodore avait saisi son adjoint par le bras.
— Retournons à l'appartement, il y a forcément quelque chose qui nous a échappé.

Les collègues avaient fait enlever le corps, mais les traces de sang n'avaient pas encore été effacées. Le cerbère les prit à partie dans l'escalier, avant qu'ils ne montent.

— Je vais faire comment moi ? Et qui c'est qui va faire le ménage ? Vous croyez pas que je vais nettoyer ces horreurs !

— Interdiction d'entrer, aboya Théodore. Et pour le reste, vous ferez ce qu'on vous dit.

— Cherchons, Pierre, cherchons bien.

— Je veux bien, mais quoi ?
— Il y a quelque chose, je le sens.

## 14

— Pierre, je te présente Colette Degoupil !

Ce sont les traces laissées par l'armoire normande qui les avaient mis sur la voie. Pourquoi bouger un pareil meuble ? Que pouvait-il y avoir derrière ? La vieille domestique était bien incapable de le faire, si l'on supposait qu'il avait été déplacé pour faire le ménage. Non, il y avait une autre raison et ils devaient la découvrir.

Il ne leur fallut pas plus de dix minutes pour en avoir confirmation. Derrière l'imposante armoire, une porte apparut, et derrière cette porte, une chose. Comment dénommer ce qu'ils avaient devant les yeux ?

Pierre ne répondit pas immédiatement, il était abasourdi. Il finit par murmurer, comme pour ne pas la réveiller.

— On dirait qu'elle dort debout ! Comment peut-elle encore être si jolie, plusieurs semaines après sa mort ?

— Je pense bien que nous avons devant nous le chainon manquant, le trait d'union entre Robert Leleu et l'empailleur. Te souviens-tu de sa boutique, des animaux de toutes sortent qui paraissaient presque vivants ? J'ai bien l'impression que cette jeune dame a subi le même sort.

Ils finirent par s'approcher, sans aller jusqu'à la toucher. Elle était presque nue, maquillée, coiffée, les observant d'un regard fixe. Aucune trace de violence, elle souriait presque.

— Eh bien, si je m'attendais ! dit Théodore. C'est extraordinaire, dans le vrai sens du terme !

— Qu'allons-nous faire ?

— La première chose à faire est de replacer l'armoire dos au mur. Laissons-la tranquille. Nous ne pouvons pas courir le risque que la concierge ou qu'un inconnu la découvre. Remettons la cire et allons prendre l'air.

Ils tinrent leur vélo à la main pour marcher et, ainsi, se vider de l'émotion qu'ils venaient de ressentir. C'est Pierre qui entama.

— Nous devons l'appréhender. Crois-tu que nous serons assez de deux ?

— Bien sûr qu'il faut l'arrêter ! Mais il est trop tard aujourd'hui. Quant à demander des renforts, je ne pense pas ; il ne me semble pas si dangereux. Si j'en juge par le spectacle auquel nous venons d'assister, cet homme est plutôt un esthète, un artiste. Tu l'as vu, pas de trace de coup, strangulation ou autres sévices. Allons solliciter notre apache une fois encore pour surveiller sa boutique cette nuit. Nous y serons demain à six heures.

— Tu as sans doute raison pour Colette Degoupil, mais pour son amoureux, ce n'est pas la même chose ! Il s'est acharné au point qu'on ne le reconnait plus.

— Nous irons tous les deux ! Pas question qu'un autre tire bénéfice de l'enquête que nous avons menée. Je demanderai à mon apache de rester aux aguets, prêt à nous épauler, le temps de notre intervention. Crois-moi, il a l'expérience des coups durs et vaudra mieux que quelques agents si ça dégénère.

— Va pour moi ! On se donne rendez-vous où, et à quelle heure ?

Méry s'arrêta de marcher et fixa son jeune adjoint.

— On se rejoint chez moi, ce soir à neuf heures. Je dois t'avouer que je n'ai pas envie de rester seul après cette vision. J'ai peur qu'elle ne vienne hanter ma nuit. Ça te va ?

Pierre n'osa pas refuser. Pourtant, Théodore avait sans doute vu bien pire dans les tranchées ; ses nuits devaient être suffisamment mal habitées pour qu'il s'évite un nouveau locataire. Il faudrait encore qu'il se justifie de découcher en passant prendre le linge de change chez lui.

## 15

— Il vaut peut-être mieux que cela finisse comme ça. Comment peut-il en être autrement d'ailleurs ?

Comme à son habitude, il se parlait à lui-même et il se répondait.

— Tu as peut-être raison. Pourtant, cette retraite, tu la mérites !

— Oui, mais je suis allé trop loin cette fois.

Il avait franchi la ligne, la ligne qui séparait l'empire des hommes du Royaume de Dieu. Comment avait-il pu imaginer que le Créateur le laisserait faire ? Le pouvoir d'immortalité, d'éternité ne pouvait être partagé. Et l'art dans tout ça ? L'art n'avait été qu'un prétexte, il pouvait se l'avouer à présent. Son existence durant, il n'avait en définitive aspiré qu'à figer le vivant. Il avait même fini par croire que l'âme pouvait habiter *ad vitam aeternam* la nouvelle enveloppe qu'il fabriquait si consciencieusement. À l'image des alchimistes cherchant la panacée[1] et l'élixir de longue vie, il s'était finalement perdu.

Quand il avait distingué l'individu qui le surveillait, il avait compris. Ces inspecteurs ne le lâcheraient pas, ils savaient sans doute. Ce guetteur, il l'avait déjà aperçu aux abords de l'immeuble de Robert Leleu alors qu'il lui

---

[1] Notion de médecine universelle

amenait son œuvre. Ce ne pouvait être le hasard. Et bien soit !

Loin de s'alarmer, il prit le temps de préparer sa sortie. Son patronyme ne passerait pas à la postérité, mais, après tout, qu'est-ce qu'un nom dans un dictionnaire ? Un nom parmi tant d'autres. Sa vision de l'éternité ne s'arrêtait pas à cela, bien au contraire.

IL serait LUI le grand œuvre !

Il récupéra de quoi écrire et s'assit calmement. Il noircit des pages une bonne partie de la nuit, le temps était compté. Il ne fallait rien oublier, rien taire qui empêche son légataire de terminer ce qu'il avait commencé. Le ferait-il d'ailleurs ? Comment l'en convaincre ?

Cinq heures sonnaient quand il finit de se relire. Non, il ne manquait rien. Plus qu'une heure ! Il laissa les feuillets bien en évidence sur la table avant de rejoindre son cabinet de toilette.

— La propreté, se dit-il, c'est une des clés.

— Oui, mon cher, tâche de récurer tout ce qui doit l'être.

Il était maintenant impatient de passer de l'autre côté, sûr de l'éternité qui l'attendait. Quand le taxidermiste pénétra dans son laboratoire, l'horloge marquait cinq heures trente. Une demi-heure pour terminer, c'était plus que suffisant.

# 16

*Cher inspecteur Méry,*

*Je dois vous avouer que je suis ébahi par la rapidité dont vous avez fait preuve pour me retrouver. Si j'ai la prétention d'être maitre dans mon métier, j'ai bien l'impression que vous en êtes un également dans le vôtre. J'avais pourtant cru que la police profiterait de l'arrestation de ce Désiré Landru pour lui imputer toutes les disparitions de femmes non résolues et améliorer ses statistiques. Mal m'en a pris. Mais après tout, est-ce si grave ? Je dirais même que le destin m'a peut-être fait une belle fleur en croisant nos routes.*

Ils étaient entrés dans la boutique à six heures pétantes, la porte n'était bizarrement pas verrouillée. L'apache avait doublé la garde pour la nuit et avait certifié que l'homme était dans la maison. Théodore avait rapidement distingué les feuilles sur le comptoir.
— Qu'est-ce ? dit Pierre pendant que Méry parcourait la première.
— Je crois bien que ce sont des aveux. Reste devant la porte pendant que je les découvre.
Il s'assit au milieu des dizaines d'animaux empaillés pour continuer sa lecture.

*J'avoue. Je confesse les crimes dont vous me suspectez. Permettez que je vous donne quelques détails, pour votre rapport.*

*Il y a un peu plus de deux mois, je fus contacté par un homme, Robert Leleu, qui m'a passé une commande très spéciale, vous en conviendrez quand vous en aurez pris connaissance. Donc, ce monsieur venait de se faire éconduire par une jeune femme dont il était éperdument amoureux. Il n'a pas hésité longtemps avant de me confier l'objet de sa visite. Après m'avoir félicité de la qualité des travaux exposés dans ma vitrine, il me dit qu'il voulait pouvoir disposer de cette demoiselle comme du renard qu'il me désignait. Comprenez ma surprise ! Quand je lui demandai de préciser, il me répondit qu'il souhaitait que j'empaille sa bien-aimée.*

Théodore n'en croyait pas ses yeux. Certes, des hommes se pensant propriétaires qui tuent leur femme pour être sûrs qu'elle ne partira pas avec un autre, c'est chose courante, malheureusement. Mais là ! Ça dépassait l'entendement.

*Oui, vous m'avez bien lu, il la voulait empaillée, telle un trophée de chasse ! J'aurais évidemment dû refuser, et même le dénoncer aux autorités, mais je ne le fis pas. Pire, j'acceptai. Pourquoi ? Voyez-vous, je ne conçois pas mon activité comme un travail, mais comme un art. J'y vis l'occasion d'accomplir ma plus grande œuvre, celle qui consacrerait mon existence. Quel orgueil ! Il m'en offrit dix-mille francs or.*

*Nous nous revîmes quelques jours plus tard après que j'eusse étudié le modus operandi de cette affaire. N'ayant jamais pratiqué sur un être humain, il me fallait un peu d'exercice. Je fixai à deux le nombre de cobayes avant de passer à la réalisation définitive. Je vous imagine naturellement scandalisé, mais mettez-vous dans la tête d'un artiste, d'un peintre, d'un sculpteur qui avance par ébauches successives.*

L'inspecteur n'entendit pas Pierre qui lui demandait si ça allait.

*Je sollicitais son aide à mon client pour approcher les jeunes femmes. Il me les fallait rousses, avec le même grain de peau que celle qu'il voulait garder pour lui seul. Une des difficultés résidait dans la manière de les tuer. La mort devait être très rapide, sans dégradation du corps, je choisis un poison, un extrait de laurier rose fortement dosé en injection. Vous me pardonnerez d'écrire en technicien. La suite, vous l'avez déjà plus ou moins découverte. La première femme était une prostituée. Robert Leleu l'aborda, elle monta dans la voiture dont j'étais le cocher. Il la fit entrer dans la boutique et je lui administrais le bouillon d'onze heures (vous voudrez bien excuser cette familiarité). Très vite, je commençais. Il n'est point nécessaire de vous décrire toutes les étapes de la préparation, mais je dois reconnaitre que ce fut un fiasco, car je ne parvins pas à tanner une peau si fine. Mais j'appris de cet échec.*

*La seconde était coiffeuse, mon complice l'enleva à la sortie d'un bal. Cette fois-ci, ce fut presque une réussite, une étourderie m'empêcha d'atteindre la perfection. J'étais prêt. Et en effet, quand je terminai avec Colette Degoupil, j'eus l'impression de toucher le Graal.*

La suite de la lettre expliquait la nécessité de tuer la sœur d'Yvonne Perche qui devenait un témoin dangereux après la visite des policiers, le meurtre de son client qui refusait de payer ce qu'il devait. La conclusion était prévisible.

*Voilà, cher inspecteur, vous savez tout, en tout cas, tout ce qui vous permet de mettre un point final à votre rapport. Ne me cherchez pas, j'ai réussi à fausser compagnie aux sentinelles que vous avez postées. À cette heure, je suis déjà au fond de la Seine. Il est probable que vous m'y retrouviez prochainement, peut-être à l'écluse de Suresnes.*

Théodore tendit la lettre à Pierre.
— Tiens, lis ça !
Il prit une dernière feuille, séparée du reste.

*Cher inspecteur Méry,*

*Il est temps maintenant de solliciter votre assistance. Contrairement à ce que je vous ai écrit à la fin de mes confessions, je ne suis pas au fond de la Seine, mais tout prêt de vous, dans mon laboratoire. Venez.*

Sans rien dire, Théodore obéit. Il entra dans le laboratoire. L'endroit était frais. Il alluma et vit. L'homme était allongé, souriant. Il lut la suite.

*J'imagine votre surprise. Oui, j'ai choisi la mort, mais pour devenir immortel. Je me suis injecté le poison au laurier. Et c'est maintenant qu'il va vous falloir prendre une grande décision. Je vous ai désigné comme étant le légataire de mon corps et de mon âme, si elle veut bien continuer d'y demeurer. Pour être plus clair, pouvez-vous m'empailler, me conserver et m'entretenir ?*

Théodore ne put s'empêcher de se laisser tomber sur le fauteuil.

*Oui, profitez de ce siège pour récupérer de la brutalité de ma requête. J'ai caché derrière le petit meuble à votre droite le manuel de toutes mes notes. Vous ne pouvez pas échouer. Je conçois bien qu'avec un seul bras, l'opération sera malaisée, mais peut-être votre jeune ami pourra-t-il vous assister.*

Théodore sortit de la pièce en prenant bien garde à fermer la porte pour empêcher la chaleur d'y pénétrer. Pierre venait de terminer.

— Eh bien, Théodore, nous avons notre coupable et son complice. Ils sont morts malheureusement, j'espère que le commissaire ne nous houspillera pas trop.

— Ne t'inquiète pas pour le commissaire. Que fais-tu dans les prochains jours, j'ai besoin de toi pour une affaire personnelle ? Fais-toi porter pâle, je te couvre.

— Une affaire personnelle ? Bien sûr, tu peux compter sur moi.

— Avant de répondre, assieds-toi et lis !

Méry attendit que son collègue ait terminé avant de reprendre.

— Alors ?

— Je t'ai dit que tu pouvais compter sur moi !

## 17

3 mai 1919

— Bon, je suppose que nous ne le retrouverons pas.
Le commissaire Vandamme avait lu le rapport que ses deux inspecteurs lui avaient amené.

— Mais, où étiez-vous depuis dix jours bon sang ? On m'a dit que vous étiez malades ! Les deux en même temps, j'avoue que j'ai un peu de mal à y croire.

— Il est possible que nous ayons eu des symptômes très similaires après avoir respiré les produits dans le laboratoire, répondit Théodore sans hésiter. Des vomissements, des courbatures et une fatigue immense.

Théodore et Pierre avaient évité de se regarder. Un pacte les liait désormais, sans que rien ne puisse le défaire.

— Je veux bien vous croire pour cette fois mais attention ! À l'avenir, il me faudra un billet de votre médecin.

— À l'avenir ? l'interrompit Théodore.

— Oui Méry. Pourquoi devrais-je me passer de vos qualités en vous renvoyant aux archives ? J'ai décidé de demander votre réintégration au service actif. Et vous ferez équipe avec ce jeune homme à vos côtés, qui devient lui aussi inspecteur.

— La brigade des bras cassés ! ne purent s'empêcher de lancer les deux policiers en se levant.

Le commissaire conclut en les accompagnant vers la sortie.
— Tout de même, quelle affaire !

# Épilogue

22 mai 1981

— Mais qu'est-ce que c'est que cette chose ?

Gaston Deffere s'approcha pendant que le ministre qu'il remplaçait lui répondit, toujours de mauvaise humeur.
— Vous voyez bien que c'est un homme !
— Je vois bien oui, mais qui est-ce ?
— Son nom doit trainer quelque part aux archives. Pour tous ici, il s'agit de l'empaillé.
— Comment est-il arrivé là ?
— En 1949, un certain Théodore Méry, ancien inspecteur à la Préfecture de Police, l'a légué par testament au ministère de l'Intérieur, alors aux mains de Jules Moch avec consigne de le conserver et d'éviter que le temps ne le gâte. Il s'agirait d'un taxidermiste meurtrier.
— Et qu'est-ce que vous voulez que j'en foute ? répondit Deferre, passablement énervé, avec son fort accent méridional.
— L'État a accepté l'héritage et il vous incombe donc de veiller à ce que cette succession soit entretenue.

La réaction du nouveau ministre redonna du baume au cœur de Christian Bonnet. Il tenait sa petite vengeance. Il venait d'ajouter un autre cadavre dans les placards de la gauche et des communistes !

Un observateur vigilant aurait remarqué un léger rictus modifier la physionomie du legs. Une âme y résidait-elle encore ?